AF360039

LA BATAILLE DE LAUFEL.

POËME

EN III. CHANTS.

A PARIS.

Chez la Veuve BIENVENU, Libraire, Quai
de Conty, au Palais Royal.

M. D C C. XLVII.

Avec Approbation & permission.

LA BATAILLE DE LAUFEL.

POËME.

CHANT PREMIER.

RANÇOIS bornez le cours de vos
longues allarmes,
Louis vit les Destins ont secondé
nos armes,
La Discorde aux Enfers précipite ses pas,
Un jour pur doit bien-tôt éclairer nos climats,
Je ne me repais pas d'inutiles prestiges,
Ce n'est point d'un mortel que partent ces pro-
diges.

Louis eſt né d'un ſang fécond en demi Dieux
Sa bonté, ſa valeur l'élévent juſqu'aux Cieux,
Au bonheur de ſon peuple il conſacre ſa vie,
Et les ſiécles futurs nous porteront envie.

   Muſe, chante avec moi, dis nous par quels
     exploits
Ce Monarque aſſura la victoire aux François.
Jour heureux, jour de gloire où ſa ſeule pré-
   ſence
Du ſoldat ébranlé releva la vaillance ;
Tandis que l'ennemi flaté d'un fol eſpoir
Vit changer la fortune & tomber ſon pouvoir.

   Tout repoſoit, déja la nuit d'un voile ſombre
Tenoit envelopé l'Univers ſous ſon ombre,
Le ſommeil ſur les yeux répandant ſes pavots
Des mortels fatigués ſuſpendoit les travaux,
Lorſque * Raimon, Varus & le prudent Alcée
Jugent de quels périls leur gloire eſt menacée.
Chefs de nos ennemis, ame de leur conſeil,
Ils ne connoiſſent point les douceurs du ſom-
     meil.

   Leur courage à l'épreuve oſe tout entreprendre,
Et malheur au mortel qui voudroit les ſurpren-
     dre.

   Leur valeur contre nous venoit de s'éprouver,
Mais repouſſés ** du lieu qu'ils vouloient en-
     lever

* J'ai donné ces trois noms au Duc de Cumberland & aux deux autres Généraux des Autrichiens & des Hollandois, parceque je les ai trouvés plus doux à l'oreille & plus propres à la Poëſie. D'ailleurs il y a quelque reſſemblance entre le Duc de Cumberland & Varus, ce Général Romain qui perdit la bataille de Canne.

** Le Village de Remſt.

Ils étoient dans le trouble ; & ce défavantage
Sembloit d'un plus grand mal le finiftre préfage.
    Le fuperbe Varus eft du fang des Anglois
Ce peuple fut long-tems le rival des François.
Il détefte leur gloire, & fa haine implacable,
En veut anéantir jufqu'au nom qui l'accable.
Ce n'eft point en fon cœur noble émulation ;
C'eft fureur, c'eft orgueil, aveugle paffion
Qui de fes fentimens laiffant trop voir l'yvreffe,
Prouvent notre grandeur ainfi que fa foibleffe.
    Les François, dit Varus, menacent nos Ram-
        parts ,
Nous voyons près de nous floter leurs Etendarts,
Seulement occupez du foin de nous défendre,
Dans nos retranchemens faudra-t-il les atendre,
Où par un noble effort, nous mêmes irons-
        nous
Les armes à la main prévenir leur courroux ?
    L'affemblée à ces mots garde un profond fi-
        lence ,
Alcée eft le premier qui fe leve & s'avance ,
Tout eft grave en fon air, noble, fans ornemens
Et la fimplicité régne en fes vêtemens.
    Le Batave en fes mains a remis fa fortune ;
Ces peuples dès long-tems font chéris de Nep-
        tune ,
A ce Dieu tous les jours ils offrent de leurs mains
L'encens qu'ils vont chercher aux lieux les
        plus lointains.
Ses autels tous les jours teints du fang des Gé-
        niffes

Reçoivent de leur gain les heureuses prémices,
L'abondance en tous lieux renaît de leurs tra-
vaux ,
Ce Dieu retient pour eux la tempête & les flots,
Lui-même par la main il daigne les conduire ,
Jusqu'aux lieux où l'on voit la terre reproduire
Des tréfors inconnus au reste des humains ,
Et l'or se multiplie en leurs avides mains.

Ainsi lorsqu'en ces jours leur fureur obstinée,
* Dans les mains d'un seul homme a mis leur
destinée ,
Insensez, ils ont craint que les sages d'entre eux
D'une solide paix n'achetassent les nœuds.
Le peuple a prévalu ; mais le prudent Alcée
N'a jamais approuvé cette rage insensée.
Des droits de son Pays généreux défenseur
Il attend tout du tems & non de l'oppresseur.

Depuis plusieurs hyvers, dit le sage Batave,
Un puissant ennemi nous outrage, nous brave ;
Le Ciel sembla d'abord se déclarer pour nous ,
Chaque jour se levoit plus serein & plus doux.
Portons chez les François le fer & le carnage ,
Disions-nous, leurs tréfors feront notre partage ;
Mais depuis qu'on l'a vû les armes à la main
Etre tout à la fois Soldat & Souverain ,
Nos résolutions se font évanoüies ,
Et c'est assez pour nous de défendre nos vies ;
O ! toi, barbare champ, toi le fatal écueil

* Election d'un Stathouder.

Où de nos Bataillons vint échoüer l'orgueil,
Fontenoy, ton nom seul me saisit d'épouvante.
Nous vîmes ce Héros qui d'une main puissante
Ramena le destin près de ses Etendarts,
Et poursuivit au loin nos Escadrons épars.
   Aurions-nous aujourd'hui le Ciel plus favo-
      rable ?
Lo u i s se seroit-il rendu moins redoutable ?
Je frémis. Je crois voir l'ennemi furieux
Enlever nos trésors, nos épouses, nos Dieux :
Ces trésors pour qui seuls nous avons pris les
      armes ,
Dont la possession nous coûte tant d'allarmes ,
Sans lesquels nous serions peu connus des
      mortels ,
Et qui nous font des Dieux encenser les Autels.
  Amis , prêtez l'oreille , il faut que la prudence
De nos premiers transports calme la violence.
Recourons à L o u i s , ne nous embarquons pas
Sur une onde inconstante & fertile en trépas.
A répandre le sang , il ne met point sa gloire.
 Né doux, sensible, humain, sa plus belle victoire
Fut toûjours de dompter les cœurs par ses bien-
      faits.
  Pourquoi rougirions nous de demander la paix?
Croirions-nous en cédant soüiller nôtre mé-
      moire ?
Mais un tel ennemi suffit pour notre gloire.
 On dira quels étoient ces peuples belliqueux
Qui forcerent L o u i s à s'avancer contre eux ?

Que n'euſſent-ils pas fait contre un autre adver-
    ſaire ?
Tandis qu'en écoutant une ardeur temeraire
C'eſt nous précipiter dans un gouffre de maux.
   Ainſi parloit Alcée : on ſe tait à ces mots ;
Les uns de ce diſcours admirent la prudence,
Abhorrent des Guerriers l'injuſte violence,
Souhaitent voir entr'eux les mortels réunis
Et les ſoins dévorans de la terre bannis.
Les autres murmuroient & prenoient pour foi-
    bleſſe
Un diſcours que dictoit la voix de la ſageſſe.
Leur fureur au-dehors alloit ſe déceler,
Lorſque Raimon ſe leve & s'aprête à parler.
   Une noble fierté ſe lit ſur ſon viſage ,
Sa prudence eſt connuë ainſi que ſon courage,
Les plus affreux périls ne l'épouvantent pas,
Son cœur n'eſt pas moins calme au milieu des
    combats ,
Que lorſque de Bacchus il célébre les Fêtes ,
Et que dans le Nectar oubliant ſes Conquêtes,
Aſſis en un feſtin tout ſon cœur eſt livré
A la foule d'amis dont il eſt entouré.
D'une fiere Amazone il eſt l'apui fidelle
Cette Princeſſe l'aime & reconnoît ſon zéle.
Le Belliqueux Germain à ſes loix eſt ſoûmis.
   Ces peuples autrefois nos freres , nos amis
Proſpéroient tous les jours fiers de notre al-
    liance,
Et le monde étonné redoutoit leur vaillance.
                     Mais

Mais depuis que jaloux du bonheur des Fran-
    çois
Un Démon les rendit rebelles à nos loix,
Ils semblent oublier que nous sommes leurs
    freres,
Et voudroient ainsi qu'eux nous rendre Tribu-
    taires.
    Je ne l'ignore pas qu'un superbe Héros
Commande à la victoire & confond nos com-
    plots,
Dit le Brave Raimon : cette seule pensée
Me feroit aprouver le sentiment d'Alcée ;
Mais comptez-vous pour rien l'ardeur de vous
    venger,
La honte de subir les loix d'un Etranger.
Si vous ne resistez, les Etats de nos Princes
Ne seront plus reduits qu'en de viles Provinces
Esclaves, ce ne sera que par d'illustres fers
Qu'on rendra votre nom fameux dans l'Uni-
    vers.
Quoi ! ne sommes-nous pas l'espoir de cette
    Reine,
Qui nous a dit : partez, & secondez ma haine,
Cherchez pour ma défense un trépas glorieux.
De quel front pourions - nous remontrer à ses
    yeux
Ces armes que nos mains voudroient rendre
    inutiles,
Quand on nous les remit pour défendre nos
    Villes,   B

Tandis qu'en nos maisons nos femmes, nos
    enfans
Comptent nous voir un jour revenir triom-
    phans.
   Ne nous armons donc pas d'une valeur com-
    mune.
Nous avons contre nous les Dieux & la fortune
Mais ne sommes-nous pas issus de ces Guerriers
Qui dans les champs de Mars se couvrant de
    lauriers,
De l'ennemi cent fois briserent l'esperance,
Et du destin pour eux fixerent l'inconstance ?
Seuls démentirions-nous le sang de nos ayeux?
Des périls plus pressans s'offrent-ils à nos yeux?
   Ne pensez pourtant pas qu'aux fureurs des
    tempêtes
Je veüille aveuglément abandonner vos têtes
Employons l'artifice & par de longs délais
D'un ennemi puissant ruinons les projets,
Enfin à s'éloigner forçons notre adversaire,
Des grands hommes c'est toûjours la route or-
    dinaire.
   Ainsi parle Raimon ; il s'éleve à ces mots
Un doux frémissement semblable au bruit des
    eaux.
   Quand les vents enchainés dans le sein des
    montagnes
Laissent au doux zéphir les humides campa-
    gnes.
Du discours de Raimon tous les cœurs sont épris

Mais Varus en suspens tient encor les esprits,
Il s'agite, il se presse & ses yeux plein de flamme
Témoignent au dehors la fureur qui l'enflâme.
On demeure immobile, on se sent inspiré
De la Divinité dont il est pénétré.
Son ame à ce discours fut d'abord interdite,
Quand il sent tout-à-coup Bellone qui l'agite.
La farouche Déesse étoit devant ses yeux
Telle qu'aux champs de Mars quand d'un œil furieux
Des mortels insensés elle excite la rage,
Et les fait se gorger de meurtre & de carnage.
  Quels timides projets s'élevent dans ton cœur,
Disoit elle, est-ce là cette noble fureur
Qui t'a fait rejetter toute humaine prudence?
A peine en pouvois-tu calmer la violence.
Que vois-je ? un vain discours te fait palir d'effroy.
Eh ! que sera-ce donc s'il te faut d'un Grand Roi
Soûtenir la valeur toûjours victorieuse,
Voir de tes ennemis la rage imperieuse
Forcer tes Escadrons, voler de rang en rang,
Se repaître à tes yeux de carnage & de sang.
  Elle dit, Varus seul, entend, voit la Déesse
A ces mots rappellant sa fureur vengeresse,
Il se leve, il s'arrête ; & ses cruels regards
Font douter quelque tems s'il n'est pas le Dieu Mars ;
Quand soudain élevant une voix plus qu'humaine :

Je me livre , dit-il , aux tranſports de ma haine.
C’eſt là tout mon eſpoir : reculer d’un ſeul pas
C’eſt nous abandonner aux horreurs du trépas ,
C’eſt de nos ennemis relever le courage.
Baignons-nous dans le ſang , perdons qui nous
      outrage.
Vous n’oſez , dites-vous , ataquer l’ennemi :
Préſentons lui du moins un viſage affermi.
Attendons-le , ſongeons que la moindre retraite
Sera toûjours l’aveu d’une indigne défaite.
De rage à ce diſcours tous les cœurs ſont atteints,
D’une juſte pitié tous les droits ſont enfreints ,
Tous ſe laiſſent flatter d’une coupable yvreſſe ,
On cherche le combat ; la barbare Déeſſe
Sent renaitre ſa joye à leurs cris de fureur.
   Tandis que dans ces lieux tout eſt rempli
     d’horreur ,
Dans le Camp des François un tranquile ſilence,
Du Roi qui les commande annonce la préſence.
Louis eſt vigilant & ſon activité
Met par tout le bon ordre & la ſecurité.

CHANT II.

IL eſt près de Paris un Temple (*a*) vénérable
Qui contient de nos Rois la cendre reſpectable,

a Saint Denis.

Parmi d'autres tréfors eft ce glaive fameux
(*a*)Dont s'armoit autrefois ce Prince belliqueux,
Qui dompta des Saxons les orgueilleufes têtes,
Et de l'Ebre au Danube étendit fes conquêtes.
Nul d'entre les mortels n'ofe en armer fes mains ,
Ce droit n'eft réfervé que pour nos Souverains,
Il n'eft point d'ornement à ce glaive terrible,
Mais la main qui le porte eft renduë invincible.
On eft en le voyant faifi d'un faint refpect ,
Et l'Ennemi tremblant pâlit à fon afpect.

   (*b*) Pallas vole au lieu faint , voit le fer , le
     contemple ,
Et s'adreffant au Dieu qui préfide à ce Temple,
Divinité , dit-elle , enfin voici le jour
Où doit pour les François éclater votre amour.
Ils font prêts de combatre, & quoique la Victoire
Semblent leur annoncer d'amples moiffons de
     gloire ,
Sans le fecours des Dieux que pourront leurs
     efforts !
Un grand Prince, il eft vrai, dirige leurs tranfports
Il peut en leur faveur fixer les deftinées ,
Mais fi le Ciel tranchoit le cours de fes années ,
Ils feroient parvenus au comble de leurs maux.
Soyons donc attentifs aux jours de ce Héros ,
Le Ciel vous a remis un glaive redoutable ,

a   Charlemagne.
b Je ne confidere ce Temple que comme un lieu deftiné àla fé-
pulture de nos Rois· Ainfi la fiction peut fe fuporter. D'ailleurs
Pallas n'eft autre chofe que la Prudence perfonifiée.

Quiconque en est armé devient invulnérable ;
Armons-en ce Héros, quel autre mieux que lui
Mérite que les Dieux deviennent son appui ,
La France par ses soins voit naître moins de
  crimes ,
Nos autels sont par lui teints du sang des victimes
Notre culte en ces lieux devient plus réveré ,
Et l'innocence y montre un front plus assuré.

Que votre volonté ne souffre aucune atteinte
Reprit le Dieu qui veille à cette maison sainte
Fille du Souverain des Dieux & des mortels
Ordonnez , mes refus deviendroient criminels.
L o u i s importe trop au bonheur de la France.
Eh ! qui négligeroit d'embrasser sa défense
Quand les Dieux l'ont orné de leurs dons les
  plus beaux ,
Tandis qu'ils ont pris soin d'en former un Héros,
Dont la raison réglant les volontés suprêmes
Le rend par ses vertus semblable à ces Dieux
  mêmes.

Il s'exprimoit ainsi : la Deesse à ces mots
Prend le Glaive & le porte aux pieds de son
  Héros.

Le Monarque s'éveille : à cet heureux spectacle
Il reconnoît la main qui produit le miracle.
O Déesse , dit-il , à ce nouveau secours
Douterois-je à quel point vous veillez sur mes
  jours ?
Que tous mes ennemis m'opposent leur puis-
  sance ,

Je ne redoute rien, Minerve est ma défense,
Sa redoutable Egide émoussera leurs traits
Et ce fer confondra leurs coupables projets.
  Déja l'aurore ouvroit la Celeste carriere
Et de l'astre du jour annonçoit la lumiere
Quand on entend crier; soldats, préparez-vous,
Ce cri dans tous les cœurs verse un noble cou-
    roux.
Chacun court avec ordre & reconnoît sa place.
L o u i s espere tout d'une si belle audace :
Il vole dans les rangs, tous les yeux font sur lui
Tous brulent de venger leur pere, leur appui.
  L o u i s à cet aspect dont son ame est charmée
Rassemble près de lui les Chefs de son Armée.
Nous voici, leur dit-il, au moment redouté,
Amis, que vous avez si long-tems souhaité.
Nous allons au combat & de votre vaillance
Va dépendre aujourd'hui le repos de la France.
Je ne vous céle point la grandeur du danger,
Mon ame fans horreur ne peut l'envifager ;
Vous avez contre vous un terrible adverfaire,
Accoûtumé long-tems aux fureurs de la guerre,
Les Dieux plus d'une fois ont fecondé son bras,
Et fouvent la victoire a devancé fes pas.
Vous voyez le danger, mais voyez quelle gloire
Si le Ciel à nos vœux accorde la victoire ....
Partez, dans le repos c'est avoir trop vécu,
L'ennemi qu'on attaque est à-demi vaincu.
Faites revoir encore la fameufe journée
Où près de Fontenoy forçant la deftinée

Vous avez renversé ces mêmes ennemis
Qu'aujourd'hui contre moi vous voyez réunis,
Et ne démentez pas cette vertu guerriere
Qui si long-tems sur vous fixe l'Europe entiere.
Mais que dis-je ? A quoi sert de vous encou-
    rager ?
Vous avez votre honneur, la Patrie à venger
Vous aimez votre Roi, la même ardeur m'inspire,
Pour des cœurs nés François ce mot seul doit
    suffire.
    Il dit : d'un nouveau feu les cœurs font em-
    brâsés.
Pareils à des lyons au combat disposés,
Au poste qu'on leur marque ils courent avec
    joye,
Et de loin par avance ils dévorent leur proye.
    Vous marchâtes aussi, sage & vaillant Cler-
    mont.
Le feu qui vous anime est peint sur votre front ;
Les horreurs de la mort n'ont rien qui vous ar-
    rête :
Boüillant quoique tranquille au fort de la tem-
    pête,
Quand vous portez au loin la fureur & l'éfroi,
Qui ne croit voir en vous le vainqueur de
    Rocroy.
L'honneur vous fit choisir le lieu le plus ter-
    rible.
Lieu cruel, ton nom seul m'offre une image
    horrible.

Mon sang en est glacé, sans doute un Dieu fatal
Y rassembla l'horreur du séjour infernal.
 Cependant des Anglois la troupe formidable
Nous présente de loin un spectacle effroyable.
 Là du vaillant Hessois brillent les Etendarts.
Mille bouches d'airain leur servent de remparts;
 C'est là qu'il faut marcher, c'est là qu'à leur
　　　courage
D'un fort retranchement ils joignent l'avantage,
Tout autre à cet aspect d'horreur eut reculé
 L'intrepide Clermont ne peut être ébranlé.
 Déja de toutes parts la Discorde effroyable
Fait retentir les airs d'un bruit épouventable.
Il surpasse le bruit des flots impetueux
Lorsqu'étant le joüet des vents tumultueux
Ils semblent s'élever jusqu'aux voûtes Celestes
Et se précipiter dans ces gouffres funestes
 Où séjourne le sombre & lugubre Acheron.
Tel on entend mugir la fureur du canon.
Moins terrible & moins prompt est l'effet de la
　　　foudre
Quand Jupiter reduit les coupables en poudre.
Mort terrible, mais douce, à peine est-on frappé
Que dans l'ombre éternelle on est enveloppé
A peine ressent-on en ce moment extrême
La cruelle douleur pire que la mort même.
 Cependant on avance & déja nos soldats
Vont jusques dans Laufel affronter le trépas.
Muse, en ce moment, viens soûtenir mon haleine
Ou plûtôt viens chanter, hé ! qu'elle voix hu-
　　　maine　　　　　　　　　　　　　　C

Peut immortaliſer tant de faits importans

Dont Bellone illuſtra l'effort des combattans ?

   Trois fois nos légions de Laufel repouſſées,

Celles du brave Anglois autant de fois chaſſées,

La même ſoif du ſang dont ils ſont enflâmés

Font frémir tour à tour les ſoldats allarmés.

Que d'époux ſont ravis par la fureur des armes!

Que de fils, que d'amans feront verſer de lar-
    mes !

La vapeur fait du jour la plus épaiſſe nuit.

Du Salpêtre en courroux l'épouventable bruit

Etouffe des Bleſſés les hurlemens terribles.

Les yeux ne ſont frapés que d'images horribles.

La raiſon diſparoît ; la Déeſſe du ſang

Pouſſe un cri dans les airs, vole de rang en rang

Agite le flambeau dont ſa main eſt armée.

Le feu tombe à grands flots de la torche al-
    lumée,

Tous en ſont embrâſés : le ſoldat furieux

Brave la mort qui veut épouvanter ſes yeux.

Ce n'eſt plus dans les cœurs nobleſſe de cou-
    rage,

C'eſt fureur, déſeſpoir, c'eſt ardeur du carnage.

La diſcorde en fureur s'échape de ſes fers,

Tous les antres affreux qui menent aux Enfers

S'entrouvrent à la fois pour recevoir les ombres

Que le fer meurtrier envoye en ces lieux
    ſombres.

La pitié pleure & court ſe cacher dans les
    Cieux.

L'humble paix en frémit & ſe voile les yeux.

Ainſi des deux partis l'ardeur impétueuſe
Rendoit de plus en plus la victoire douteuſe ;
Quand plein d'un noble feu qui brille dans ſes yeux,
Evandre veut forcer la victoire & les Dieux.
    Ce Héros d'un beau ſang n'a rien qui dé-
        génere.
Poſſeſſeur des vertus d'un Dieu qui fût ſon pére,
Il eſt ami des Arts, entouré tous les jours
De ceux à qui Phébus prodigue ſon ſecours,
On l'eut pris pour ce Dieu, tant les ris, l'al-
        legreſſe
D'un front toûjours ſérein rehauſſent la no-
        bleſſe.
Maintenant il reſſemble au fils de Sémelé
Quand monté ſur un char de tigres attelé
Du Sauvage Indien ce Dieu fait la conquête.
    Tel eſt le brave Evandre, il court, rien ne
        l'arrête.
Vous fûtes terraſſez Orcus, Oron, Atis,
Vous tombâtes auſſi jeune & vaillant Métis.
Vos mains depuis long-tems étoient victorieuſes
Depuis long-tems du Stix les ondes limoneuſes,
Voyoient avec plaiſir s'amaſſer ſur leurs bords
La foule des mortels tombés ſous vos efforts.
Quel eſt, cria Métis, ce guerrier intrepide ?
Qu'il éprouve ſoudain ma fureur homicide.
Au même inſtant Métis fait briller en ſa main
Une arme travaillée aux antres de Vulcain.
Mais du Guerrier encor l'heure n'eſt pas venue

Evandre se détourne & le plomb à sa vuë
Fait mordre la poussiere au brave Argiloüs.
Il vole furieux sur le fils de Géante.
Métis oppose en vain une main chancelante ;
Sa force l'abandonne & l'homicide acier
Le perce & dans son sang se baigne tout entier ,
Le Soldat à ce coup n'ose plus se défendre.
La frayeur le saisit , il court devant Evandre
Comme un foible troupeau qui se disperse & fuit
Loin du plomb meurtrier du chasseur qui le suit.
   Evandre croit déja la victoire assurée.
Plein de l'espoir flateur où son ame est livrée ,
Douce & charmante * Issé , dit-il , bientôt vos
      yeux
Reverront près de vous votre amant glorieux.
C'est là que déposant ma gloire & mes allarmes
Je livrerai mon cœur au plaisir de vos charmes
Ainsi parloit Evandre : hé ! qui pouvoit prévoir
Que la mort dût sitôt détruire son espoir ?
   Chers Epoux, dont le sang ainsi que l'himenée
Par les plus doux liens joignoient la destinée !
Quand Evandre partit , la jeune amante en
      pleurs
Sembloit déja de loin préssentir ses malheurs.
Quoi ? vous m'abandonnez , est-ce donc vous ,
      dit-elle ,
Qui me juriez cent fois une flamme éternelle ....
Chere Epouse , dit-il , n'arêtez point mes pas.
Assez & trop long-tems je céde a vos appas.

   * Madame la Comtesse de Baviere,

C'eſt là gloire qui m'offre une place en ſon
    temple.
C'eſt un Roi généreux qui me montre l'exemple
Qui ſçait, quand il le faut, afronter le danger.
N'ai-je pas comme lui la Patrie à venger ?
Souffrez que de lauriers courrant charger ma tête
Je puiſſe de ce cœur mériter la conquête,
Il s'échape à ces mots : la jeune & tendre Iſſé
Comme d'un coup mortel ſe ſent le cœur bleſſé,
Elle laiſſe échaper ſon ame fugitive,
Et l'amour confondu pouſſe une voix plaintive.
    Evandre encouragé par un premier ſuccès,
Se livroit ſans réſerve à ſes bouillans accès,
Du poſte qu'il attaque il ſe croyoit le Maître,
Quand un globe d'acier lancé par le ſalpêtre,
Ou plûtôt par un Dieu jaloux de ſes hauts faits,
Du nombre des mortels l'enleve pour jamais.
Le ſoldat s'en émeut, les Nymphes en gémiſſent,
De leurs lugubres cris les forêts retentiſſent,
Pour la premiere fois Amour verſe des pleurs,
Pour la premiere fois trop plein de ſes douleurs
  Il ceſſe de lancer ſes fleches criminelles,
Sur les cœurs qu'il a faits malheureux & fideles.
    O ! malheureuſe Iſſé, n'augmentez pas vos
    maux,
Evandre eſt dans les lieux deſtinez aux Héros,
Vivez, n'oubliez pas le pouvoir de vos charmes,
Vivez, que la raiſon mette un terme à vos larmes.
    Le redoutable Evandre eſt à peine expiré,
Que d'un mal ſi preſſant l'ennemi délivré

Ranime ſa fureur, que d'une main ſanglante,
Il ſeme dans nos rangs la mort & l'épouvante:
Nous cédons, ſa fureur pouſſe à coups redoublez
Les Eſcadrons François par ſa force accablez.
Tous ſembloient éviter l'effort de ſa vengeance.
Louis que par la main conduiſoit la Prudence,
De tous les combattans voit les moindres efforts,
Et la ſeule raiſon gouverne ſes tranſports.
Tel que l'aſtre du jour dont la chaleur feconde,
Anime, échauffe, éclaire & rend la vie au monde,
Tel il ſort de Louis mille rayons vainqueurs
Dont la force ſaiſit & pénetre les cœurs.
Sa prudente valeur aſſure la Victoire,
Et nos brillans ſuccès retournent à ſa gloire.
Mais à peine il a vû plier ſes Etendards,
Qu'un juſte étonnement ſe lit dans ſes regards.
Hé ! quoi? de mes Soldats le courage s'étonne !
Marchons, volons, dit-il, où la gloire l'ordonne.
Parlez, vous qui ſuiviez ſes pas victorieux,
Ne vous parut-il pas le Souverain des Dieux,
Quand d'une voix terrible apellant les tempêtes
Il fait briller ſes feux ſur les coupables têtes,
On ſent à ſon aſpect l'Univers ſe troubler,
Et ſur ſes fondemens la terre s'ébranler.
Qui ne redoute alors un Dieu vengeur des
    crimes,
Le Tartare avec joye entr'ouvre ſes abimes,
Et pour enveloper tous les pâles humains
N'atend que de ce Dieu les ordres ſouverains,
Tel paroiſſoit Louis, ſi ſa vaſte prudence

Avoit mis jufqu'alors un frein à fa vaillance,
Notre falut, le fien, tout fembloit exiger
Qu'il fe précipitât à travers le danger.
     * Bellone qui le voit d'épouvante eft faifie
Et du Prince en courroux redoutant la furie,
Elle vole à l'inftant vers ces maffes d'airain,
Qui renferment l'horreur & la mort en leur fein,
Là prenant d'un guerrier le vifage & la forme,
 De ces maffes, fa main choifit la plus énorme,
L'acier part, le falpêtre à divers mouvemens
Fait retentir les airs de longs mugiffemens.
Le fer plus fûrement eft lancé par Bellone
Que la flêche autrefois dont le fils de Latone
Vengea le deshonneur qui fut fait à fon nom,
 Ou quand d'une main fûre il perça ce dragon
Dont la tête touchoit au fommet des montagnes,
Tandis que de fa queue il couvroit les cam-
          pagnes.
     Grand Roi, vous périffiez fans le puiffant
          fecours
De la Divinité qui veille fur vos jours.
La puiffance atachée à fon fer redoutable
Aux coups des feuls mortels peut rendre in-
          vulnerable.
Mais quand ils font lancez par la fureur des
          Dieux
Il faut pour s'en défendre être immortel com-
          me eux.
Pallas vôle, & du vent de fa bouche célefte

* Un boulet de canon a paffé auprès du Roi.

Respire doucement sur le globe funeste
Le globe se détourne & son énormité
Au soufle tout puissant de la Divinité
Cede plus aisément que la feuille alterée
Au soufle impetueux du sauvage Borée.

On frémit, Louis seul ne s'épouvante pas
La grandeur du péril n'arrête point ses pas.
Il marche, son regard, sa parole est terrible.
Mais tandis qu'il s'avance, une main invisible
S'oppose à son passage & l'arrête à l'instant.
Où portez-vous vos pas ? Jupiter est content,
Disoit à ce Monarque une voix immortelle :
C'est à vous d'ordonner, bornez-là votre zéle,
La prudence est le sceau de la Divinité,
La valeur tient souvent de la férocité.
Demeurez, quand le Ciel vous promet la
      victoire.
Ce que vous avez fait suffit pour votre gloire
Vers l'Olimpe à ces mots Louis léve les yeux,
De leurs sages conseils il rend graces aux Dieux.

Du glaive cependant dont sa main est armée
Sort un feu dont l'ardeur ranime son Armée.
A ce nouveau secours Commandans & soldats
Tous brûlent de marcher, de voler aux com-
      bats,
De ce glaive Divin tant la puissance est forte,
Tant le Ciel est propice à celui qui le porte.
   Bientôt Clermont suivi par de nouveaux
      Guerriers
Vient à pas redoublez recouvrer nos lauriers,

Clermont étoit couvert de sueur & de poudre,
Son œil etincelant semble lancer la foudre.
L'esperance renaît dans le cœur des soldats.
Le redoutable Argante * accompagne ses pas.
Ce Héros est chéri du Souverain qui l'aime,
Défenseur de sa gloire & de son diadême
Il brûle de marcher sur les nobles sentiers
Qu'ont tracé parmi nous tant d'illustres Guer-
  riers,
 Accablez sous les traits d'une rage inoüie ,
Quelle Divinité prit soin de votre vie ?
N'en doutons pas ; le Ciel qui chérit les François
Voulut vous reserver pour de nouveaux
  exploits.
 Tandis que nul danger n'épouvante leur ame ,
Tandis qu'ils font voler & le fer & la flamme
Le prudent Coronus saisi d'un noble éfroi
Rapelle ce qu'il doit à lui-même , à son Roi.
Il embrase à son tour ces masses monstrueuses
D'où s'élancent au loin les morts impétueuses.
Le fer part , le trépas à ses ordres soumis
Vole , répand l'horreur dans les rangs ennemis.
Tous étoient renversés ainsi que l'herbe aride
Qui tombe sous la faulx du moissonneur avide.
Ebranlés par l'éfroi dont leurs cœurs sont
  épris
La fuite maintenant occupe leurs esprits.
La fuite est le seul bien qui reste en leur puis-
  sance,
Laufel n'est plus pour eux qu'une foible dé-
fense.   D

* M. le Marechal de Saxe

De ce lieu qui sembloit assûrer leur destin
Il ne leur reste plus qu'un espace incertain.
  Lieu fatal, maintenant l'objet de nos con-
     quêtes,
Qu'il faut pour t'acquerir afronter de tempêtes?
Tout est rempli d'horreur, tout n'offre à nos
     regards
Que des morts, des mourans, que des membres
     épars:
On frémit à l'aspect de la terre humectée
Qui regorge du sang dont elle est infectée.
Mais Varus plus outré de voir l'Anglois
     tremblant,
  Court au danger lui-même & l'œil étincelant,
Que faites vous, dit-il, quelle ardeur de la vie
Vous fait en reculant chercher l'ignominie ?
Venez, suivez mes pas, afrontons le danger,
Et ne périssons pas du moins sans nous venger.
On entend aussi-tôt un tumulte effroyable.
Tous forment de leurs corps un mur impéné-
     trable,
Raniment leur fureur, marchent sans s'ébranler
Et d'un immense poids semblent nous accabler.
  Mais que prétendez-vous, insensez que vous
     êtes ?
Eviter ou du moins suspendre vos défaites ?
Argante est attentif à vos moindres éforts.
Sa prudence à déja prévenu vos transports.
Regardez ces Héros Guerchi, Lorge & Sallieres,
Qui dans vos flancs poudreux plongent leurs
     mains guerrieres,

Tels étoient les exploits dont ils furent chargés.
Bientôt dans votre fang vous fûtes fubmergés.
Il n'eft plus de pardon ; la mort pâle & livide
Vomit de toutes parts fa fureur homicide,
Vous ne nous oppofez qu'un fterile courroux,
Et l'inftant n'eft pas loin que Laufel eft à nous.

CHANT III.

CEPANDANT de Varus l'impétueufe yvreffe
Ne peut plus réfifter au malheur qui le preffe.
Il ne reconnoît plus qu'il eft le fils de Mars.
Défefperé, confus, il court de toutes parts.
De fes cris redoublez la campagne raifonne ;
Il ne fe connoît plus : ainfi qu'une lyonne
Qui s'échappant des lieux qu'elle avoit ravagés
Revoit à fon retour fes petits égorgés.
O ! Dieux, que devient-elle à cet afpect terrible ;
Elle fe bat les flancs & de fa queuë horrible
Elle femble donner le fignal du trépas.
Elle ignore en quels lieux elle porte fes pas.
On la voit parcourir les forêts, les montagnes,
Et fes rugiffemens effrayent les campagnes.
Tel le bouillant Varus : s'il regarde les Cieux,
Il ne peut foûtenir leur éclat radieux.
Du fang de fes foldats la terre enfanglantée

N'éfarouche pas moins fon ame épouventée,
Varus ne rencontroit fous fes pas éperdus
Que des amas de corps fur le fable étendus.
Il fent à chaque inftant fa fureur qui redouble
Et l'affreux défefpoir renaître avec fon trouble.
Ce Guerrier céde enfin, & s'affied au hazard
Sur un monceau de corps qu'il rencontre à
    l'écart.
    C'en eft donc fait, dit-il, c'eft moi qui prend
    la fuite!
C'eft à de tels afronts que ma gloire eft reduite.
Dans mes vaftes projets honteufement deçu,
Moi qui du fang des Rois de tous côtés iffu
Ne prétendit jamais qu'à ces nobles fortunes
Que le Ciel ne fit point pour des ames com-
    munes,
Je fuis vaincu, je fuis ; un peuple que je hais
L'emporte fur ma gloire & repouffe mes traits.
Ces François feuls objets de nos haines cou-
    vertes
Tandis que je comptois triompher de leurs
    pertes,
C'eft eux que je vais voir des miennes s'en-
    richir...
Je ne te retiens plus ; tu peux tout afranchir,
Peuple, dont la grandeur me devient fi funefte,
Pourfuis, & de ma gloire enleve-moi le refte.
Les fentiers font ouverts, je ne réfifte plus ;
Auffi bien mes éforts deviendroient fuperflus.
O! Ciel, puifque ta main me rend digne du
    trône

D'où vient qu'en ce moment ton courroux m'a-
    bandonne ?
D'un esclavage vil, frape, délivre-moi,
Ote-moi par ma mort l'afront que je reçoi.
    Tel est le défefpoir où Varus s'abandonne,
Quand foudain à fes yeux fe préfente Bellonne.
Que faites-vous, dit-elle & pourquoi ce courroux?
Un pareil défefpoir eft-il digne de vous ?
Eft-ce-là ce Varus ce guerrier redoutable
Qu'aux plus afreux périls on croit inébranlable?
Vous voyez de Laufel vos foldats repouffés,
Mais tout eft il perdu ? mais font-ils difperfés ?
    Tandis que vous formez des regrets inutiles
On fe défend encor, vos foldats immobiles
Du François étonné foutiennent les éforts.
Venez, ne laiffez point ralentir leur tranfports,
Du haut de votre rang c'eft vous que l'on con-
    temple,
Venez, ne foufrez pas qu'on vous montre l'é-
    xemple.
    Elle dit : à ces mots le fuperbe Varus
Sent renaître l'efpoir dans fes efprits confus.
Mais cette confiance étoit encor douteufe.
Il n'ofe plus en croire á cette voix flateufe
Qui d'un feu dévorant lui foufflant les accès,
Tantôt lui promettoit les plus brillans fuccès.
    La Déeffe elle-même, en demeure interdite.
Mais connoiffant d'où part le trouble qui l'agite,
Elle aproche, elle feint un amour maternel,
Et pour mieux lui fouffer un courroux cri-
    minel,

Entre ses bras sanglans long-tems elle le presse,
Mon fils, rassurez vous, lui disoit la Déesse,
A vos nobles éforts je joindrai mon courroux,
Pour vous rendre vainqueur le Ciel n'atend que
      vous.
C'est ainsi que flaté par des promesses vaines
Varus laisse glisser le poison dans ses veines.
Ce poison est subtil, & son cœur irrité
Se remplit tout-à-coup de la Divinité.
Ce n'est plus un mortel, la terreur l'abandonne
C'est le Dieu des combats, c'est elle, c'est
      Bellone,
Il vole où des périls s'ofrent les plus certains
A peine on voit ses pas sur la poussiere em-
      preints.
   Près de ses Escadrons il dirige sa course.
Varus en son pouvoir n'a plus d'autre ressource
Quelque soient vos vainqueurs ne perdez point
      l'espoir,
Dit-il, Laufel n'est pas encor en leur pouvoir.
Avant que d'occuper ce qui leur reste à prendre
Il faut revoir encor bien du sang se répandre.
Vous voyez devant vous leurs fougueux Es-
      cadrons,
Courrons renversons les, soudain nous revien-
      drons
Soûtenir dans Laufel nos amis & nos freres,
Et de ce lieu sanglant chasser nos adversaires.
A peine il a parlé qu'attentifs à sa voix
Tous brûlent de marcher aux Escadrons
      François.

Préparez-vous Ségur , ranime toi d'Etrées *
Dans le fang ennemi tes armes confacrées
Venoient de s'illuftrer par de nouveaux ex-
    ploits.
Ton   courage   éprouvé rendoit Vilre aux
    François.
    Cependant l'ennemi dans fa courfe rapide ,
Vôle , croît renverfer leur valeur intrépide.
Le Dieu Mars les pouffoit, & leurs chevaux
    fougueux
D'une ardeur inconnue étoient épris com-
    me eux.
On les voit s'animer , s'échauffer au carnage ,
Se défendre, attaquer, mordre leur frein de rage.
Foïbles & vains efforts ; nos terribles guerriers
Opofent à leur tour leurs fuperbes courfiers :
C'eft un nouveau combat, une fureur nouvelle
Le fang à gros bouillons de tous côtez ruiffelle
La vengeance fe livre à leurs foins dévorans ,
Et les champs font couverts de morts & de
    mourans.
    Du farouche ennemi nous foutenions la rage
Quand le brave Clermont vient confomme,
    l'ouvrage.
Poffeffeur de Laufel , dont il s'eft emparé ,
D'une nouvelle ardeur fon cœur eft enyvré ,
Il revôle au combat : le redoutable Argante
S'avance & comme lui vient fémer l'épouvante

* M. le Comte d'Eftrée avoit enlevé Vilre aux
Ennemis.

Il s'empreſſe ; à les voir on les prend pour des
    Dieux.
Ces invincibles Chefs conduiſent avec eux
De leurs Carabiniers l'eſcadron intrépide ;
De ces braves ſoldats la valeur eſt le guide
Adonnez dès l'enfance aux belliqueux travaux
Il n'en eſt point d'entre eux qui ne ſoit un héros
Contre de tels guerriers qui pourra ſe défendre
C'eſt un feu dévorant qui va tout mettre en
    cendre.
C'eſt un nuage épais qui va tout ravager.
On frémit en voyant aprocher le danger
On ſe diſperſe , on court, tel un troupeau ti-
    mide
Fuit le lyon de ſang & de carnage avide.
   Que faiſiez-vous alors, infortuné Varus ?
Quoique d'un fol eſpoir vos eſprits ſoient déçus
On vous voit cependant tout écumant de rage
De vos ſoldats troublés réchauffer le courage,
Implorer le ſecours de Bellone & de Mars
Et courir à travers vos eſcadrons épars.
Mais il n'en eſt plus tems ; la Déeſſe cruelle
Ne peut qu'en vous ſauvant faire éclater ſon
    zéle.
Par un de nos guerriers vous futes pourſuivi
Son cheval écumant ſe deroboit ſous lui.
C'en étoit fait: un Dieu lui donnoit la viteſſe
Bellone l'aperçoit , la puiſſante Déeſſe
Vous enleva ſoudain aux regards du guerrier
   C'eſt vous qui futes pris ? ô prudent Ligonier

Vous l'unique foutien , l'honneur de votre
    maître ,
Plein de ces fentimens que l'amitié fait naître
Varus le feul Varus occupoit votre cœur.
Si l'on vous vit long-tems réfifter au vainqueur
Vous vouliez fur vous feul amaffer tout l'orage
Et laiffer votre Prince échaper du naufrage.
A peine on vous eut dit : Varus eft délivré ,
D'un plaifir inconnu votre cœur pénétré ,
Oublia quelquetems qu'aux glaces de votre âge
On venoit d'ajouter le poids de l'efclavage.
Sans doute vous fentiez qu'un Monarque vain_
    queur
Sauroit bien de vos fers adoucir la rigueur.
    Cependant la difcorde eft au loin repouffée,
De l'Anglois furieux la valeur renverfée.
Que faifiez-vous alors Bataves & Germains ?
Epouvantez des coups qui partoient de nos
    mains ,
Vous fûtes du combat les fpectateurs tranquiles
La prudence long-tems vous rendit immobiles
A peine aprîtes vous le deftin de Varus
Que d'un mortel effroi vos fens furent perclus.
A l'inftant on vous vit par une prompte fuite
De nos foldats vainqueurs éviter la pourfuite.
Bataves & Germains , & fuperbes Anglois ,
Tous craignent de tomber fous le fer des Fran-
    çois.
Heureux , fi d'un grand Roi refpectant la
    fageffe ,

E

L'ennemi désormais reconnoît sa foiblesse ,
Et ne se livre plus à ces soins orgueilleux
Que font évanouir notre Prince & les Dieux.

Poursuis grand Roi, poursuis , quels
vastes champs de gloire ,
Applanit sous nos pas ta nouvelle victoire ?
Eh ! quel mortel pourroit t'arrêter désormais ,
C'est le Ciel qui t'inspire & soutient tes projets.
Nos ennemis ont vû dissiper leurs cohortes ;
Ton bras a renversé leurs Villes les plus fortes ,
Et leurs Chefs consternés n'ont plus en leur
pouvoir
Que le dépit, la honte & l'affreux désespoir.
Poursuis , qu'on s'accoutume à respecter tes
armes ,
Des femmes, des enfans arrosez de leurs larmes
Des vieillards impuissans, des soldats épuisez ,
Voilà quels défenseurs te seront opposez.
Justes Dieux , quels malheurs nous préparoit
leur rage !
Que n'eussent-ils pas fait contre un prince
moins sage ?
Accablons, disoient-ils, ces rivaux orgueilleux,
Leur gloire trop longtems trouble , éblouit
nos yeux.
Ce peuple trop long-tems fut soigneux de
nous nuire ,
Frappons à leur exemple & puissions nous dé-
truire

Ce trône ou les Bourbons avec éclat aſſis,
Donnent un nouveau luſtre à la gloire des lis;
Mais ta puiſſante main a diſſipé l'orage,
Grand Prince, c'eſt à toi d'achever ton ouvrage.
Tout vainqueur que tu ſois,   ſonge qu'un en-
        nemi
N'eſt pas encor vaincu s'il ne l'eſt qu'à demi.
    Mais que dis-je? ennemi du repos de la terre
J'oſe encor reſpirer les horreurs de la guerre,
Quand mon Roi les déteſte & borne ſes projets
A conquerir des cœurs & chérir ſes ſujets.
Ah! puiſſions-nous joüir d'une paix éternelle!
C'eſt l'objet de mes vœux; loin ce barbare zéle
Qui de l'humanité ne connoît point les loix,
Le ſang m'eſt en horreur; mais je ſuis né
        François,
Je chéris mon Monarque ainſi que ma Patrie.
Quoi! de nos ennemis j'aurai vu la furie,
Quand d'une douce paix tu leur ofrois les
        nœuds,
Rejetter, abhorrer un don ſi précieux,
Et prendre de mon Roi la noble complaiſance
Pour l'effet de la crainte & non de ſa clémence:
J'aurai vû leur orgueil, j'aurai vû leurs mépris,
Et moi cachant l'horreur dont mes ſens ſont
        épris,
Né François je pourrois me réſoudre à me taire,
Dût-on me reprocher une ardeur ſanguinaire,
Je le répéte encore, oüi, Prince venge-nous,
Oppoſe à leur fureur la force de tes coups,

Ta clémence, il est vrai, ne veut point les
d étruire,
Mais dumoins réduis les à ne pouvoir te nuire

F I N.

Lû & approuvé ce 3 *Août* 1747.
CREBILLON.

Vû l'Approbation du sieur Crebillon, permis
d'imprimer, à la charge d'enregistrement à la
Chambre Syndicale. Ce 3 Août 1747.
BERRYER.

*Registré sur le Livre de la Communauté des Li-
braires & Imprimeurs de Paris, N° 3174. con-
formément aux Reglemens, & notament à l'Arrêt
du Conseil du 10 Juillet 1745. A Paris, le 11.
Août 1747* G. CAVELIER, pere, Syndic